JN168247

遠野物語（とおのものがたり）

柳田國男　原作
柏葉幸子　編著
田中六大　絵

遠野物語 もくじ

遠野物語

おおよその地図

（本文中の表記はかっこ内）
（ふりがなは現在のよみかたです）

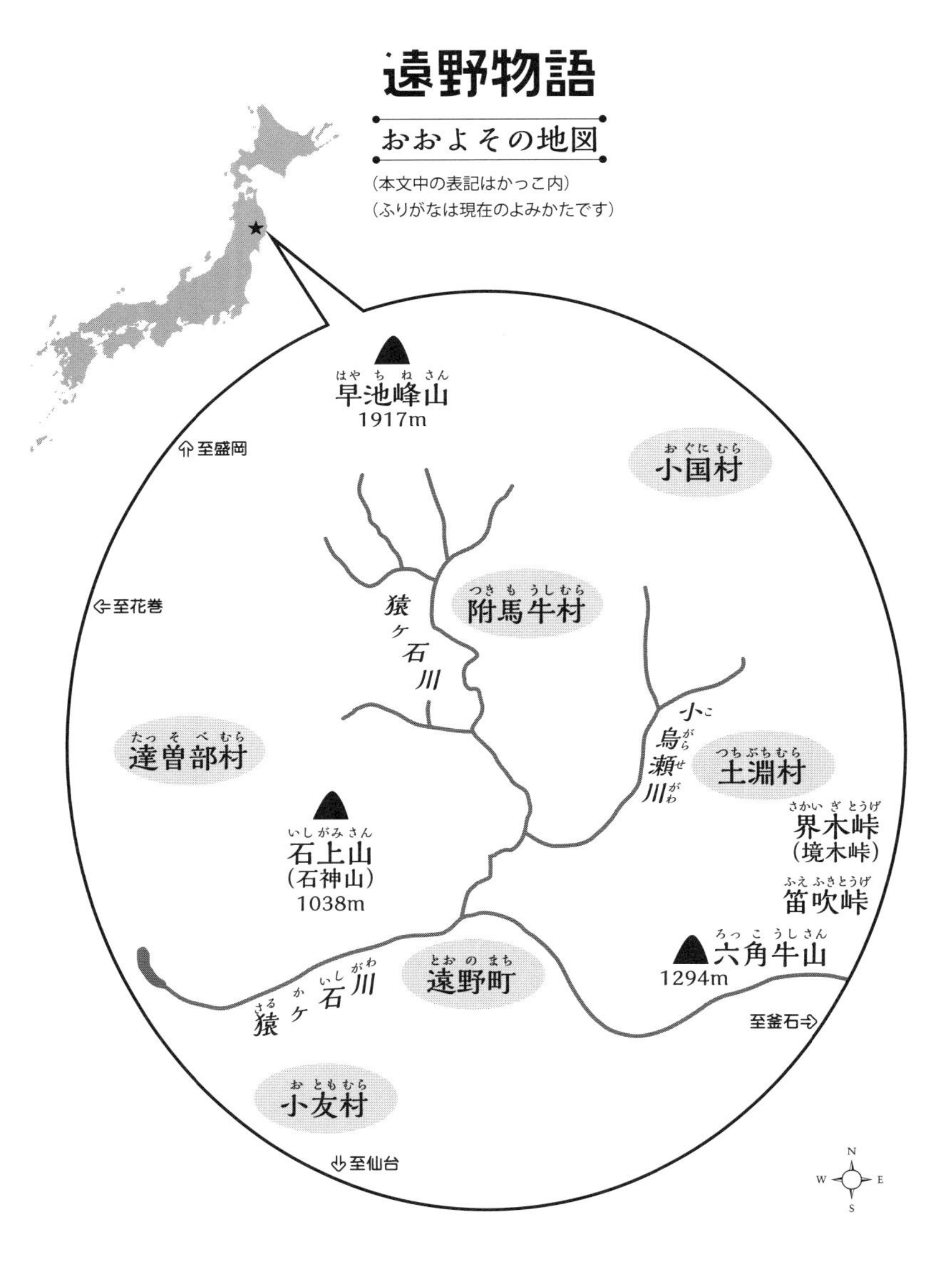

序章

遠野物語（とおのものがたり）のこと

おれは、ズモ。岩手県は遠野のカッパだ。

遠野がどこにあるかわかるか？　岩手県は、日本の北、東北地方だな。その岩手県のまんなかよりすこし右下ってところだ。おおざっぱにいえばだけどな。

大むかし、遠野のあたりは大きな湖だったそうだ。その湖の水が猿ヶ石川になってながれでて、いまのような町になったといわれてる。遠野のあたりの川はみんなこの猿ヶ石川に合流する。遠野には七内八崎ありといわれているんだ。内は谷とか沢のこと、崎は湖につきだした岬のようなところをいうんだ。遠野のトーは、アイヌ語の湖の意味らしいぞ。遠野は、山々にかこまれた水のゆたかな静かな町なんだ。

そんな町だが、あんがい有名なんだぞ。なんで有名かっていうと、遠野にはふしぎな話がいっぱいあるからだ。それを遠野物語という。

遠野物語は、どこの村のなんという人が体験した話としてのこってる、ちょっとかわった昔話だ。その体験話をひろいあつめたのが佐々木喜善という人だ。この人は、遠野の生まれで、自分のばあさんや近所の人が、「むかし、こんなごどがあったんだ」と語るたくさんの話をきいてそだった人だ。その話を遠野物語としてまとめたのが柳田國男という人だ。この人は、東京からきた学者だな。まあ、そういうふたりのおかげでこの物語があるんだ。

　体験したって、うそだろと思うかもしれない。うそだと思ってもいいさ。でも、一度遠野にきてみろ。青々とした田んぼのむこうに、雪が厚くつもった家の角に、林のなかの小さな沼に、ザシキワラシやヤマオンナやおれたちカッパやふしぎなものたちとあえそうな気がするはずだ。

　これから、おれが、そのふしぎなものたちの話をしようというわけだ。

　でも、まずそのまえに、遠野の山と女神の話な。

　遠野は四方を山にかこまれた平地なんだが、あたりの山々のなかでも三つ、有名な山があるんだ。

　附馬牛、かわった地名だよな。つくもうしと本なんかにふりがなふってあるぞ。

まあ、おれら地元のものは、つぎもうしってよぶけどな。その附馬牛という遠野の北にある集落の奥にあるのが、遠野のあたりではいちばん高くてきれいな山で早池峰っていう山なんだ。東には二番目に高い六角牛っていう山があって、西よりっていうのかな。附馬牛と達曽部という集落のあいだにあるのが石神という山だ。この山が三つのなかでは、いちばん低い山だな。

大むかしに三人のむすめをつれた女神が遠野の高原にやってきたんだ。来内村の伊豆権現のお社のあるあたりで泊まったそうだ。

そのとき、母親の女神が、

「今晩、いい夢をみたむすめに、いちばんいい山をあげる。」

って、三人のむすめに約束した。

三人とも、どんな夢をみるんだろうと、たのしみにしながらねむりについたわけだ。すると、真夜中に空からふしぎなきれいな花がふってきていちばん上の姉の胸にとまったんだ。それを、いちばん下のむすめが、目をさましてみていたんだな。

「なんとふしぎな花だ。この花を胸においてねむったら、きっといい夢をみるにちが

いない。」

そのいちばん下のむすめ、姉さんの胸の上からその花をちゃっかりうばいとって、自分の胸においてねむったんだな。

どんな夢をみたかは、わからないが、朝には、いちばん下のむすめがいちばんいい早池峰山をもらって、姉ふたりが六角牛山と石神山をもらうことになったそうだ。

いまでも、その三つの山にはそれぞれの女神がすんでるっていわれてる。だから、遠野の女は、女神たちになにかで嫉妬されることをこわがって、その三つの山にははいらないようにしてるんだ。

1章 カッパ

カッパはどんなすがただと思う？　頭に水をいれたお皿、背中にこうらがあって、手足に水かきがあるねめねめとしたみどり色の体。まあ、そういわれているよな。でも、おれたち遠野のカッパはちがうんだ。

遠野には、カッパがいるといわれる、カッパ淵というところがある。そこでキュウリをぶらさげて、カッパをつろうとする人間がよくいるぞ。おれたちが、そんなもので、つられるはずがないだろ。でも、おれの先祖は、人間にすがたをみられたことがあるんだ。まずったよな。

川岸の砂の上や雨がふった次の日は、よくカッパの足あとをみたそうだ。猿の足のように親指がはなれているけど、人間の手のあとのようにみえたらしい。九センチより小さいていうから、おれたちの大きさがわかるだろ。

この話をひろいあつめた佐々木喜善のひいひいばあさんの子どものころだ。友だちとあそんでいたら、家にあったくるみの木のあいだから、いっしょにあそびたそうにのぞいている赤い顔の男の子がいる。

「いっしょにあそぶべ。こっちさおんで。」

と、手まねいたらしい。おんでっていうのは、おいでっていう遠野の方言だな。おいでなさいってことだろな。育ちのいい女の子がつかう言葉だな。

せっかくよんでやったのに、その子はそのまますっといなくなってしまったそうだ。

それが、カッパだ。そうなんだ。おれたち遠野のカッパの顔は赤いんだ。

もっと、まずかった話もあるぞ。

小烏瀬川の姥子淵のあたりに、新屋という家があったんだ。その家での話だ。

「こりゃこりゃ、馬っこ、川さつれでいって、足、ひやしてやれ。」

畑仕事からかえった馬を、その家の子どもが親からあずけられたんだ。

その子は、川まで馬をひいていったが、友だちがむこうの野原へかけていくのがみえたんだ。

「どごさいくのや？」

ってきくと、

「おめも、こ！　これがら、となり町と戦さごっこだ。おらほの人数たりねんだ。」

と、友だちが手をふる。こっていうのは、こいってことだな。

さあ、その子は、戦さごっこにいきたくてたまらなくなった。

馬はかってに川へはいっていくし、このまま馬だけでもだいじょうぶだろうと、戦さごっこに走っていってしまったわけだ。

それをみていたのがその川にすんでいたカッパだ。人間がそばにいない、馬だけだ。こりゃいいえものだと、馬を水底へひっぱりこもうとしたんだ。おれたちは、いたず

ら好きのうえに力じまんなんだ。馬の一頭ぐらい、楽勝だと思ったんだろうな。

ところがどっこい、その馬の力がとんでもなく強かったんだな。反対に馬に引きずられて、その家のうまやまでつれてこられちまった。馬の手綱が手にからまって、にげられなかったらしい。

「はなせ！　こりゃ、痛えぞ！」

カッパは、土ぼこりまみれになって泣きさわぐ。

さわぎをききつけて家から人は出てくるしで、カッパはあわててかくれるところをさがしたわけだ。

馬フネというんだけど、わかるかな？　木をくりぬいた丸木舟のようなかたちをしているんだ。まあ、えさ箱だな。馬が二、三頭いっしょにそこに顔をつっこんで、えさをくうわけだ。カッパはその馬フネをひっくりかえして、そのなかにかくれたんだ。かくれたって、手綱がついたままだぞ。すぐみつかっちまうよな。

家の人が、馬フネをすこしあけてみたら、カッパの手がみえるだろ。

「たすけでけろ。たすけでけろ！」

カッパは、馬フネのなかでふるえてる。

村じゅうの人間があつまって、ころしてしまうかゆるそうかと話しあった。まあ、馬が川へひきずりこまれておぼれたわけでもないしな。

「こら、いたずらカッパ。ころしてしまうべど思ったども、こんどだけはゆるしてやる。いいが、こんどだげだがらな！」

これからはいたずらをしないって約束させてにがしてくれたんだと。それで、そのカッパは、ちがう淵へひっこしたんだ。それいらい、人間にすがたはみせないようにしてるってわけだ。な、まずったよな。

2章 ザシキワラシ

おれたちカッパとはちがって、へいきですがたをみせるふしぎなものたちもいるぞ。その代表がザシキワラシだろうな。

ザシキワラシは神様だ。この神様は、たいてい十二、三歳の子どもなんだ。小学校の六年生ぐらいってことだ。もっと小さいという話もあるけどな。とにかく子どもだ。子どもだって知られてるってことは、すがたをみられてるってことだろ。みられてもよかったんだろうさ。ザシキワラシがいる家は金持ちになるっていわれてる。だからザシキワラシは人間にたいせつにされたんだもの。

土淵村の今淵勘十郎という人の家での話だ。

遠くの街の高校へかよっているむすめが休暇でかえってきた。きっと、だれかにみやげでもとどけようと思ったんだろうな。自分の部屋できがえてから廊下へとびだした。廊下の角をまがったら、かすりの着物に坊主頭の男の子と

はちあわせしたそうだ。

「だれだえ？　どごのわらすだ？」

と、そのむすめがきいているあいだに、その男の子は廊下を走ってにげていってしまったそうだ。

　むすめもおどろいただろうが、ザシキワラシもおどろいたんだと思うぞ。きっと、むすめがかえってきているのを知らなかったんじゃないかな。おれには考えられないほど、無防備だよな。


　また、同じ村の佐々木という家では、東京へいっているはずの主人の部屋から、がさがさと紙の音がする。

「だれだえ？　だれがいだべが。」

と、その家の女房が板戸をあけてのぞいてみても、だれもいない。しばらくすると、こんどはその部屋から鼻をならす音がする。

「はあ、ザシキワラシのしわざだな。」

と思ったそうだ。この家ではすがたはみせなかったが、まえからザシキワラシがいるだろうといわれていたんだ。

おれが思うに、この家のザシキワラシは、いるぞ！　ってしらせたかったんじゃないかな。そこいらが、おれたちカッパとはちがうところだよな。いるから、だいじにしろっていうことかな。ほんとに子どもっぽいよな。

どちらの家も、豊（ゆた）かな家だったそうだぞ。

女の子のザシキワラシもいる。

山口孫左衛門（やまぐちまござえもん）という旧家（きゅうか）には、女の子のザシキワラシがふたりもすんでるといわれていたそうだ。神様（かみさま）ふたり分だ。そりゃ、金持（かねも）ちだったらしい。

あるとき、おなじ村の男が、みかけないふたりの女の子に橋（はし）のたもとであったんだ。ふたりとも振袖（ふりそで）の着物（きもの）をきてかわいらしい顔（かお）つきなのに、どこかうかないようすだった。

「おまえだち、どこのえのものだ？」

と、きいたんだ。えとは家のことだな。そしたら、

「山口孫左衛門（やまぐちまござえもん）のところからきた。」

と、こたえたそうだ。

「これからどこへいく?」

と、きくと、

「となり村のなんとかさん。」

と、こたえたそうだ。

　男は、ふたりの女の子がザシキワラシだって、わかったんだろうな。ザシキワラシが出ていって

しまえば、山口孫左衛門の家になにかわるいことがおこるのかもしれないって、思ったんだ。

そして、男が思ったとおり、山口孫左衛門の家は、使用人まで二十何人、毒きのこにあたって死んでしまったんだぞ。

この孫左衛門という人は、ちょっと変わり者だったそうだ。学者といえばいえたかもしれないんだが、京都から本をとりよせたり、

「おれは京都までいってくるべど思ってる。伏見稲荷どいう狐の神さんと仲よぐなって、財産をいっぺよえる方法教えてもらうんだ。」

と、京都まで勉強しにいったりした。いっぺよえるっていうのは、たくさんたくわえるっていう意味だな。

それで家にお稲荷さんの祠をたてて、毎日油揚げをあげて、熱心にお祈りしたんだと。とうとう、狐があらわれるようになって、その狐を手なずけて頭をなでたりできるようになったらしい。

その孫左衛門の家で、刈っておいたまぐさを日にあてようと、三つ歯の鍬でかきまわしていたら、大きな蛇が出てきた。

「蛇だ！　蛇だ！」

と、下男たちがおいかけまわす。

「ころすでねぇぞ！」

と、孫左衛門はいったんだが、

「だんなさん、蛇なんぞ、ころしてしまったほうがいい。」

下男たちはその蛇をころしてしまった。

すると、あとからあとから蛇が出てくる。それをまた、下男たちがおもしろがってころしたそうだ。

「いくら蛇でも命づものある。このままにしておぐもんでねぇ。」

孫左衛門はおこったんだな。

山になった蛇の死骸を穴にうめて蛇塚をつくってまつったらしいが、そんなことですまなかったということかな。わるいことがおこったんだ。

どうもそのころ、孫左衛門のところは、主人と使用人のおりあいがよくないと評判だったらしいんだ。

蛇塚をつくったあと、屋敷の梨の木のまわりにみなれないきのこがはえたそうだ。

「なんと、みごどなきのこだべ。きのこ汁にするがな？」

下男たちが、さわいでる。

「みだごどもねぇ、名前もわがらねきのこなんぞ、くうもんでね。やめろ。」

孫左衛門はとめたんだ。なのに、

「だんなさん。どんなきのこも水おけにいれて、苧殻でかきまわせば、あだるごとなんてねぇのす。」

と、下男がいいはって、みんなできのこ汁にしてくってしまったんだ。この下男がよくないよな。蛇をころしたのもきっとこいつだぞ。

苧殻の話は、まちがいだ。むかしは、苧殻を焼いてのこった灰汁できのこを煮れば

あたらないといわれていたんだ。あたるっていうのは食中毒のことだ。

苧殻でかきまわしただけだもの、毒きのこのきのこ汁くって孫左衛門も下男たちもみんな死んでしまったわけだ。きのこ汁ってのは、うまいんだ。くってるときは毒きのこだなんて、わかるはずもねえしな。

七歳の女の子ひとりだけが、遊びに夢中になって昼飯をくうのをわすれていて、生きのこったんだ。そりゃよかったって思うよな。でも、子どもだ。親戚や知り合いが、

「おれは、孫左衛門から南の田をもらう約束してだ。」

とか、

「おれは、金かしてらった。」

とか、

「おれは、川むこうの山もらうごどにしてらった。」

とかいって財産をみんなもっていってしまったそうだ。

その子は大きくはなったそうだが、あまりしあわせではなく死んだんだと。ザシキワラシの消えた家ってのは、こんな悲惨な運命をたどるんだ。なにしろ、山口の家に

はふたりもいたわけだしな。

ちょっとこわい話になってしまったから、遠野物語じゃないけど、遠野で語られるザシキワラシの話をひとつ教えてやる。小話みたいなもんだ。おぼえておけ。

むがしむがし、遠野にはザシキワラシヅのがいでな。だれもいないのに座敷で音がする。

「だれがいだが？」

ってきぐど、

「だれもいね。」

ってこだえる。それがザシキワラシだ。

どうだ。わかりやすい話だろ。これがザシキワラシってわけだ。

3章 オシラサマ

ザシキワラシもかわった神様だと思うけど、遠野には、ほかにもかわった神様がいんだぞ。その代表がオシラサマだ。

土淵村に大洞ひでというおばあさんがいた。この人は佐々木喜善のお祖母さんの姉、大叔母さんだったそうだ。この大叔母さんが、まじないで蛇をころしたり、木にとまった鳥をおとしたりしたのを、佐々木喜善は子どものころみせてもらったことがあるらしい。その人が語った話だ。

むかし、あるところに貧しい百姓がいた。女房はもう亡くなってむすめがひとりいた。そのむすめっていうのが、すっごくきれいだったんだ。

その家では一頭の馬を飼っていて、むすめはその馬をかわいがって、夜になるとうまやへいって馬とねて、とうとう馬と夫婦になってしまったんだ。

ある夜、それを知った父親は、

「人間と動物が夫婦になるなんてゆるされることではねぇ。」

とおこった。

　それでもむすめは、

「ゆるしてくなんせ、ゆるしてくなんせ。」

と泣くだけで、馬のそばからはなれようとはしなかったそうだ。

　貧しい百姓には馬は貴重だったけど、父親は、むすめに知られないように馬をつれだして、馬を桑の木につりさげてころしてしまったんだ。

それを知ったむすめは、死んでしまった馬のなきがらにしがみついて泣いたんだと。そして父親をうらみがましい目でみたそうだ。それに気づいた父親は、ますますおこった。馬がにくらしくてたまらなくなった。それで、馬の首を斧で切りおとしてしまったんだ。

するとむすめはその首にのって天へかけあがって消えていってしまったという。
オシラサマというのは、このときできた神様だといわれてる。馬をつりさげた桑の木で神様をつくる。どんなかたちかというと、たいてい棒の先に馬の顔を彫ったものと、むすめの顔らしきものを彫ったものの対だ。三十センチぐらいかな。そこへ、お祭りの日に色とりどりのハンカチほどの布のまんなかに穴をあけたものを、かぶせていくんだ。代々うけつがれていくから、長い時代がたつと何枚もの布がマントのようにふくらんで人形みたいにみえるぞ。
桑の木でできているからかな。オシラサマは、養蚕の神様だといわれているんだ。

ゴンゲサマという神様は、神楽舞の獅子頭のような神様だ。木で彫った獅子の頭だな。すっごくご利益があるっていわれているんだぞ。
新張という集落のゴンゲサマと五日市という集落のゴンゲサマが、道でばったりはちあわせしたことがあって、けんかになった。そのとき、新張のゴンゲサマが負けちまって、片耳をなくしちまったそうだ。そのままいまもないっていわれてる。

ゴンゲサマの神楽は、毎年、村々を舞いあるくので、知らない人はないはずだ。

ゴンゲサマは火伏の神様なんだ。

火伏の神っていうのは、火事をふせぐ神様だな。


新張の神楽衆が、あるとき、日暮れになっても宿をみつけられなかったそうだ。

やっと、ひきうけてくれたのが貧しい家だった。五升枡を伏せてゴンゲサマをおいて、神楽衆がねていると、夜中にがつがつものをかむ音がした。びっくりしてとびおきたら、その家の軒が燃えていた。その火を、枡の上のゴンゲサマがとびあがってはくい、とびあがってはくいしていたんだと。がつがつ火をくうっていうのが、すごいよな。

頭痛もちの子どもは、よくゴンゲサマに頭をかんで病をなおしてもらうことがある。

おれ、頭痛もちじゃないけど、かんでもらったことあんだ。丈夫になるっていわれたな。

オクナイサマとよばれる神様もいるぞ。

集落のなかにはかならず一軒、むかしからつづく格式のある金持ちの家がある。たいていオクナイサマをおまつりしていて、そんな家は大同とよばれるんだ。オクナイサマのかたちは、オシラサマに似てる。やっぱり布のマントをきた人形みたいだな。正月の十五日がお祭りの日で、大同の家に集落の人らがあつまるんだ。

大同の家には、畳一畳だけの部屋がある。その部屋でねる人は、たいへんなんだ。枕をかえされたり、だれかみえないものに抱きおこされたり、ひどいときは、部屋からおいだされたりするそうだ。とにかく、その部屋ではぐっすりねむれないってことだ。いたずらものらしいぞ。

オクナイサマをおまつりしているといいことがあるっていうぞ。

土淵村大字柏崎の阿部という家での話だ。

田植えの時期だったそうだ。田をいっぱいもっていた大同なんだろうが、人手がたりなかった。

「明日の天気はくずれそうだ。あと、ほんのすこしなのに、植えのこすことになりそうだな。」

主人が空をあおいでつぶやいていると、小さな小僧が出てきて、

「おれに、てづだわせろじゃ。」

という。小僧だし、なんの役にもたたないと思ったが、なにせ人手がほしい。ためしにはたらかせてみると、これがよくはたらく。

「昼飯だから、いっしょにくってげ。」

と、さがすと小僧のすがたはない。

でも、午後になると、またどこか

らかあらわれてはたらきだす。

　稲を植えるために田に水をいれて泥にして、その表面を鍬でならしていくんだが、泥だらけになっておとな顔まけにはたらく。その小僧のおかげで、その日のうちに田植えはすっかりすんでしまったんだ。

「いやーたすかった。夕飯はくってげ。」

と、さがすとやっぱり小僧のすがたはない。

　しかたがないので、家へかえると、縁側に小さな泥の足あとがついている。その足あとはどんどん座敷のほうへつづき、オクナイサマの神棚の下でとまってたんだ。もしかしてと、神棚の扉をあけてみると、オクナイサマの腰から下は泥だらけだったんだそうだ。

　遠野は子どもの神様が多いのかな。子どもの神様が、山や田や町場をとびあるいているのかと思うとゆかいだろ。

4章 マヨイガ

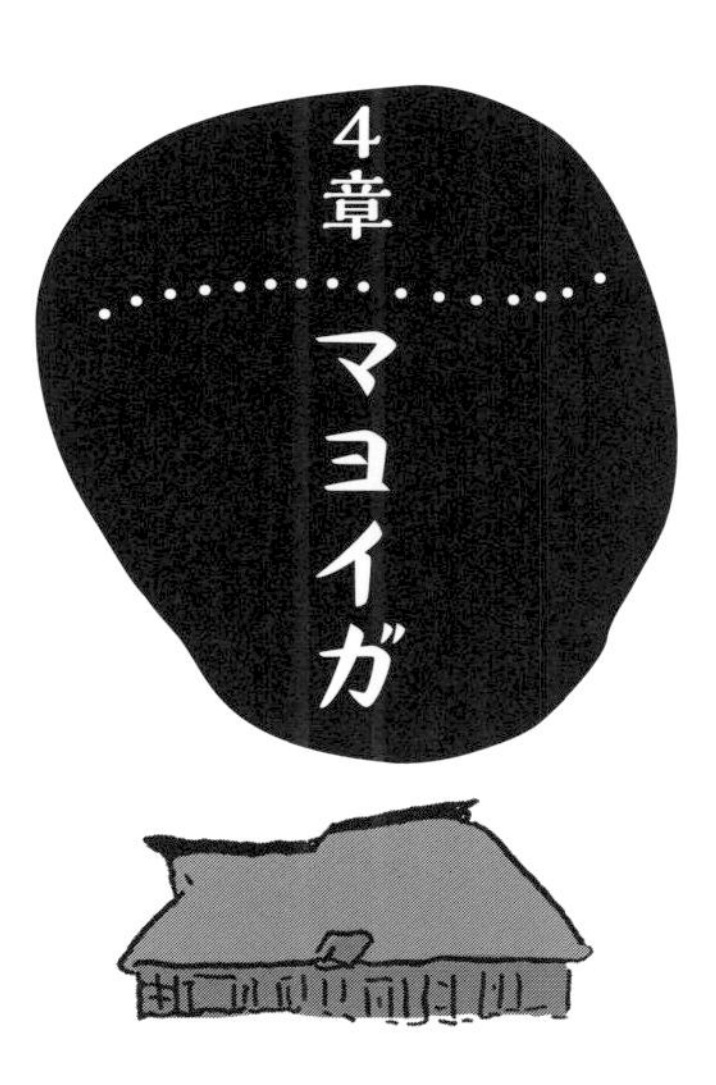

オクナイサマをまつっている大同って金持ちが出てきたな。遠野ではそんな家を長者ってもよぶんだ。代々長者の家もあれば、一代で長者になった家もある。そんな家の話な。

小国の三浦っていう家だ。村いちばんの金持ちだそうだが、その二、三代まえは、まあ貧乏な家だったわけだ。あげくにそこの女房は、すこしぼんやりものだったんだと。

その女房、家の前をながれる川ぞいに蕗とりにでた。春だろうな。蕗だから。蕗わかるか？　山菜だ。大きな葉っぱなんだが、葉はくわねぇんだな。くきのところを煮てくうんだぞ。

その女房、あまりいい蕗がなかったので、蕗をさがしながらどんどん谷ふかくはいりこんでいってしまった。

ふと、みると、りっぱな黒い門がある。

「あれー、だれの家だったべ？　こったなところに家、あったたべが？」

ほれ、根がぼんやりものだから、おそるおそる門をくぐってみたんだと。

大きな庭に紅白の花がいちめんに咲いていた。時期からいえばさつきだな。鶏はたくさん放し飼いになってるし、庭のうらにまわったら大きな牛小屋に牛はたくさんいる。うまやもあって馬もたくさんいるが、人はだれもいない。ふしぎに思いながらも、

「ごめんください。だれがいねのすか？」

声をかけながら、玄関からあがっていった。

部屋には黒と朱の膳椀がたくさん出ていて、奥の座敷には火鉢に火がはいって鉄瓶の口から蒸気がふきでている。それでも、だれもいない。

もしかしたらヤマオトコの家かもしれないと思ったら、きゅうにこわくなって家へにげかえった。

このことを、家族にいってもだれも信じてくれなかったそうだ。

またある日、その女房が家の前にある川で洗い物をしていたら、川上から赤い椀がながれてきた。とってもきれいだったので、それをひろいあげた。でも、そんなもの

を食器につかうと、きたないと家族にしかられるかもしれないとも思った。それで、米びつのなかで米をはかる器にしたそうだ。

　すると、この器をつかいだしてから、いっこうに米が減らない。

「なんで、米が減らねんだ？」

と、家の人にきかれて、やっと女房は、

「川からながれてきた椀をひろったのす。まえにいったりっぱな屋敷にあった椀に似てる。あんまりきれいだがら、すてるのやんたくて、米はがる椀につかってらった。」

とこたえたんだと。

　米がくってもくっても減らないんだぞ。それからこの家は長者になったんだそうだ。

　遠野では、山のなかのふしぎな屋敷のことをマヨイガとよぶんだ。まよう家ってことだ。山でまよった人がみつける家だってことかな。おれは、家が山で迷子になってるって思うほうがおもしろいけどな。

　マヨイガをみつけた者は、かならず、その屋敷の椀でも家畜でももってかえるもんだという。マヨイガがその人に幸運をさずけたくてすがたをみせるからなんだとさ。その女房に欲がなくて、なにももってかえらなかったから、椀をながして運をさずけたんだっていわれてる。

栃内村の山崎っていう家が、上閉伊郡の山奥にある金沢村からひとりむすめに婿をもらったんだと。その婿どのが実家にかえろうとして山道にまよった。道にまようか？　いいおとなが！　やっぱりまえの女房と同じで、ぼんやりものだったぞ、きっと。そして、マヨイガにあったんだ。

屋敷のようす、鶏や馬や牛まで、まえの話のとおりで、玄関をはいると膳椀をならべた部屋もあった。座敷には、しゅんしゅんと鉄瓶にお湯もわいていた。いまにもだれかが、お茶でもいれるところか、ちょっと便所へたったところみたいなんだ。

「だれがいねのすか？」

と、きいてみたものの、こわくなった。それで、あわててにげだしたんだそうだ。

村へかえってこの話をすると、そんな話があるかとばかにする人と、それはマヨイ

ガだ。いって膳椀をもちかえって長者になるぞという人たちの二つにわかれたそうだ。
長者になろうとよくばった人たちは、婿どのを先頭にマヨイガをさがしに山奥まで
いったんだ。
「このあたりに、たしかに門があったんだ。」
と婿どのがいったそうだが、そこにはなにもなかったんだとさ。それで、すごすごか
えってきたわけだ。婿どのが長者になったという話はないそうだ。

5章 ヤマオンナ

いまの子どもは、夜でも外にいることあるよな。夜もそりゃ、町は明るいものな。でも、むかしは、夕方おそくまで外であそんでいると神(かみ)かくしにあうからって女子(おんなこ)どもは、はやく家へかえれといわれたもんだ。神かくしってわかるか？　だれかわからないふしぎなものにつれさられたように、とつぜんすがたが消(き)えるってことだ。どこの町でもそういわれていたんだぞ。遠野(とおの)だってそうだ。いや、いわれるだけじゃない。日が暮(く)れると、みんなはやばやと家へかえったものなんだ。だって、こわかったからだ。

遠野(とおの)の寒戸(さむと)という集落(しゅうらく)にあった一軒(けん)の家で、ひとりのむすめが梨(なし)の木の下に赤い鼻緒(はなお)のぞうりをぬいだまますがたを消(け)した。どこをさがしてもみつからない。そのまま三十年がすぎていった。

その家で祝(いわ)いごとでもあったんだろうな。親戚(しんせき)や知り合いがあつまった日だ。その家をなつかしそうにのぞいている、髪(かみ)はぼうぼうで着物(きもの)もぼろぼろのおばあさんがい

たんだそうだ。

「あんた、なにをしてるんだ?」

と、そのおばあさんをとがめた人がいた。すると、そのおばあさんは、

「おれはこの家のものだ。あまりにぎやかなので、なつかしくてついのぞいてしまった。でも、おれはもうかえらなければいげねぇ。」

と、山へかえっていったんだと。

その日は冷たい風のふく日だった。だから、遠野のものたちは、冷たい風のふく日を、「サムトのばば」がかえってきそうな日だというんだ。

な、日が暮れたら早く家へかえろうと思うだろ。おれは思うぞ。

「サムトのばば」は、いったい山へかえってなにをしてたんだ? と思わないか。そのこたえになりそうな話もあるんだ。

青笹村大字糠前の長者のむすめが神かくしにあった。どこをさがしてもみつからな

い。そのまま長い月日がたったんだ。

同じ村の猟師が山のなかでひとりの女にあった。こんな山のなかに女がいるはずがない。さてはもののけかと鉄砲で撃とうとすると、

「撃たねで。おじさん、おらだ。」

と、いったそうだ。よくみると、そのいなくなったむすめだ。

「こんなところでなにをしている？」

ときくと、

「おら、あるものにつれてこられて、その妻となった。子どもも何人か産んだが、みんな夫が食べころした。おら、ここで生きていくしかない。おじさんも、おらのことはだれにもいうもんでねぇぞ。夫にみつからないうちに、はやいどごにげてけろ。」

という。それで猟師はあわててにげてきたというわけだ。

と、なるとだ。そのむすめをさらったらしいあるものっていうのは、どんなやつだろうって気にならないか。そのこたえになりそうな話もあるんだなあ、これが。

上郷村で、山に栗ひろいにいったきりむすめがかえってこないことがあったそうだ。さがしてもみつからないので、その家ではむすめは山のどこかで死んだものだとあきらめて、葬式までだしたんだ。

何年かしてその村の猟師が山にはいったとき、岩窟というから、岩がおおいのようになっている穴かな。その前でそのむすめにばったりあったそうだ。おたがいにおどろいて、猟師が、

「なんで、こんな山奥にいるんだ？」

ときくと、

「山でおそろしい人にさらわれて、こんなところまでつれてこられた。にげてかえろうと思ったども、にげだすすきがねぇのす。」

と泣いたらしい。

「おそろしい人ってどんな人だ？」

そりゃききたいよな。猟師はきいたわけだ。

「わたしにはふつうの人間にみえるども。背は村の人たちよりずいぶんと高く。目の

色もちがってみえるな。子どもを何人か産んだけども、自分に似ていないといってはくいころすか、どこがさつれていってしまうんだ。」

むすめは泣きつづけたそうだ。子をくいころすんだぞ。

猟師は、

「ほんとうに人間か？」

とまた問いただしたそうだ。

「んだど思うども。五日のあいだに二、三回おなじような人が四、五人あつまっては、なにか相談してまたでかけていくこともある。食べ物などは山でとれたものばかりではないから買ってくることもあるのかもしれね。町へでかけることもあるようで、いまも、でかけてる。そろそろかえってくるころだ。」

とむすめがいうので、猟師はこわくなってにげかえってきたそうだ。

どうだ。こわいよな。人間のようにはみえるんだ。でも、自分の子をくいころすんだぞ。とはいえ、いまだって子をころす親はいるわけだからな。山にいたはずの山人が、里におり、いまは里から町にひっこしたのかな。気をつけろよ。おまえら。

遠野の山には、女をさらってくる山人がいたらしいってことは、わかったか？「サムトのばば」たちは、里からつれていかれた女だが、もっとふしぎな女もいたんだそうだ。

栃内村和野の佐々木嘉兵衛というじいさんの話だ。このじいさんは猟師だったそうだ。猟師をしていた、若いころの話だ。

山で、遠くの岩の上に色の白いきれいな女の人がすわって、黒髪をくしけずっているところをみたんだと。

じいさん、鉄砲でその女を撃ちころしてしまったそうだ。なんてことするんだろうな。乱暴というよりは、こわくてしょうがなかったんだろうな。

じいさんがその岩へかけつけてみたら、ずいぶん背の高い女で、黒髪は、その背丈よりも長かったんだと。こんな女を撃ちころしたと村にかえって話すときの証拠にしようと、その髪をすこし切って、ふところへいれて家へかえろうとしたそうだ。

ところがそのとちゅう、ねむくてねむくてたまらなくなったらしい。それで、木に

よりかかってねむっていたら、夢をみた。いや、夢だったのかな？　背の高い男がちかよってきて、じいさんのふところへ手をいれて、その髪の毛をとりかえしたそうだ。これがヤマオトコかと思ったとき、目がさめた。ふところの髪の毛はなくなっていたそうだ。じいさんは証拠の髪の毛がないから、その話をだれにも信じてもらえなかったんだろうか？　いいや、遠野の人たちは信じたさ。山人がいることを知っていたはずだもの。

山口村の吉兵衛は、山にはいって笹を刈っていたんだ。刈った笹を束にくってせおって、どっこいしょと立ちあがろうとしたとき、笹原を風がふきわたった。きっときれいだったんだろうな。笹の葉が風にこすれる音。うごめく葉はみどりの波のようにみえたんじゃないか。

そのほうをみたときだ。笹原のむこうの林から若い女の人が赤ん坊をおぶって出てきたんだ。すっごくきれいな人で、やっぱり長い黒髪で、赤ん坊のおぶいひもは、藤のつるだったそうだ。村の女のような縞の着物だったけど、すそのあたりはぼろぼろ

で木の葉をぬいつけたりしてあったんだと。

その女は、まるで笹の葉の波の上を飛ぶようにあるいて、その男のほうへやってくる。そして前をとおるときに、きれいな目でちらっと吉兵衛をみたんだと。

この世のものではないおそろしいものをみたとおどろいた吉兵衛は、それからねこむようになって死んでしまったそうだ。

ヤマオンナをみただけで死んでしまう者もいたんだぞ。ヤマオンナやヤマオトコにあいたくはないよな。山人によくあうのは笛吹峠という峠だった。遠野からその峠をこえると釜石という海辺の町にでる。でもこわいだろ。だから遠野の人たちは、笛吹峠をよけて境木峠というところをとおったんだそうだ。八キロも遠回りしたわけだ。

6章 ヤマハハ

遠野の山には山姥もいた。山姥とは鬼女のことだな。遠野では山姥をヤマハハってよぶんだ。ヤマハハの物語は、子どもによく語ってきかせたものなんだ。遠野では昔話を語りはじめるとき、かならず、「むがしあったずもな」ではじめる。だから、おれも、むがしあったずもなではじめっかな。

むがしあったずもな。あるところに父さんと母さんとむすめがくらしていた。

ある日、両親は、

「いいな。だれがきても戸をあけんじゃねぇぞ。」

と戸に鍵をしっかりかけて町へでかけていったんだ。

はじめての留守番だったのかな。むすめは、なにかがやってくるんじゃないかとひとりぼっちがこわくて、炉のそばでちぢこまってた。

すると、こわがってたとおり、お昼になると戸をがんがんたたく音がする。

「あけろ、あけろ！」

その声に、むすめは両手で耳をふさいでますますちぢこまった。

それでも声はますます大きくなる。

「あけろ、あけねぇど、こんな戸、けやぶってしまうぞ！」

どうしてもはいってくるのだと観念してむすめがこわごわ戸をあけたら、外にいたのはヤマハハだったんだ。

みただけでわかる。髪はあぶらぎってぼさぼさで、きている着物もぼろぼろで帯なんてまずない。荒縄みたいなもので絞めてる。顔色も浅黒くて、むきだしの手足も皮膚はなめし革のようだ。声だってがさがさだし歯なんて何本かのこってるだけだ。

「腹へった。飯を炊いてくわせろ。」

ずかずかはいってきて炉のそばに、どんとすわりこむ。

むすめは飯を炊いてお膳の用意をして、ヤマハハが飯をかっこんでるあいだににげだしたんだ。

飯をくいおわったヤマハハはむすめをおいかけてくる。ヤマハハは、山を走るのな

んて毎日のこった。はやいはやい。あっというまにむすめにおいつきそうになる。

あわやっていうところで、むすめは崖のそばで柴を刈っているじいさまをみつけた。

「じいさま！　ヤマハハにぼっかけられてんだ。たすけてけで！」

と、たのんだんだ。ぼっかけられるっていうのは、おいかけられてるって遠野の方言だ。

じいさまは、むすめを刈っておいた柴のうしろにかくしてくれたんだと。

「どこさかくした！」

ヤマハハは、いきおいよく柴の束をもちあげて、そのまま山の崖からころがりおち

てしまった。いきおいがよすぎたんだな。

そのすきにむすめはまたにげる。でも、ヤマハハだもの。すぐ崖をはいあがって
おってくる。

むすめは萱を刈っているじいさまをみつけて、

「じいさま！　ヤマハハにぼっかけられてんだ。たすけてけで！」

と、たのんだんだ。

じいさまは、むすめを刈っておいた萱のうしろにかくしてくれたんだと。

「どこさかくした！」

ヤマハハは、すぐおいついて、いきおいよく萱の束をもちあげて、また、そのまま
山の崖からころがりおちてしまう。でも、すぐ崖をはいあがってくる。

むすめはまたにげる。にげたむすめは大きな沼の縁に出てしまった。かくれる場所
がみつからない。むすめはとうとう、沼の縁にあった大木によじのぼった。

「どこさいった！　にがすものか！」

おいかけてきたヤマハハは、沼の水の上にむすめがうつっているのをみつけたんだ。

ヤマハハのやつ、むすめが沼にもぐったと思ったんだな。

「みつけた！」

ヤマハハは、いきおいよく沼にとびこんだ。

そのすきに、むすめはまたにげる。にげたむすめは小さな小屋をみつけてそこへにげこんだ。なかには、若い女がひとりと、石でつくったのと木でつくったのと二つの大きな箱があった。長持ちだろうな。長持ちっていうのは、むかしのたんすのかわりで、ふとんや着物をいれる大きな箱のこった。たんすとちがうのは、もちはこべる。

むかしの大名行列や花嫁行列で、前とうしろを人がかついではこぶ箱のことだ。

「ヤマハハにぼっかけられてんだ。たすけてけで！」

むすめは、石でできた箱にとびこんで、ちぢこまった。若い女は石のふたをしめてくれた。

しめてくれてすぐ、ヤマハハが小屋へとびこんできた。

「むすめがにげてきたべ？ どこさかくした。」

と、どなる。若い女は首をふった。

箱のなかにかくれたむすめは、どんなにおどろいたかって思うな。ヤマハハからにげてきたのに、そのヤマハハの家にとびこんでしまったんだもの。

「いいや！　たしかにきた！　人くさい！　人のにおいがするぞ。」

ヤマハハは、あたりをかぎまわる。

「さっき、スズメをあぶって、食べだどこだ。」

若い女がそういうと、ヤマハハは、そうかとうなずいて、

「すこしねる。どっちでねようか。石の箱は冷えるぞ。木のほうにするがな。」

と、木の箱へはいってねてしまったんだ。

若い女は、木の箱に鍵をかけると、石の箱からむすめをだしてくれて、

「おら、ヤマハハにさらわれて、こんなところにいだ。ふたりでヤマハハをころして、えさかえるべ。」

っていったんだな。えとは家のことだ。

錐を炉の火であぶってまっ赤にして、木の箱に穴をあける。ヤマハハのやつ、ねずみでもきたと思ったのか気にもしないでねむりこんでる。ふたりは、その穴からぐら

ぐらに煮えたぎった湯をそそぎこんでヤマハハをころすと、それぞれの親のところへかえっていったんだとさ。

遠野の昔話はどれも、「これでどんどはれ」っていう言葉で終わるんだ。だから、これでどんどはれ。

もうひとつ、ヤマハハの話な。

むがしあったずもな。あるところに父さんと母さんとおりこひめこって名前のむすめがくらしていた。

むすめの嫁入りがきまって、両親は町に嫁入り支度を買いにいくことになった。

「いいな。だれがきても戸をあけるんじゃねぇぞ。」

と戸にしっかり鍵をかけて町へでかけていったんだ。

ところが、昼ごろ、ヤマハハがきてむすめをくっちまった。そして、むすめの皮をかぶってむすめになりすましてたんだな。

夕方、両親は町からかえってきた。

「おりこひめこ、いだが？　とどとがかと、かえってきたぞ。」

と、声をかける。とどっていうのは父さん、ががっていうのは母さんのこった。

「はい、いだじゃ。はやがったごどや。」

と、むすめになりすましたヤマハハは、かわいい声でこたえたんだな。

両親は、むすめのよろこぶ顔がみたくて買ってきた嫁入り支度をひろげる。おりこひめこに化けたヤマハハは、

「あやー。なんたらきれいだごどや。」

と、よろこんでみせたんだ。

次の日の朝、明け方にいつも鳴く鶏の鳴き声が、

「物置のすみっこ、みろでけろじゃ。けっけろっけー。」

と、きこえたんだ。

両親は、はて、おかしなように鳴くもんだと思ったが、おりこひめこを嫁入りさせようと、ヤマハハが化けたおりこひめこを馬にのせたんだ。

するとまた、鶏の鳴き声が、

「おりこひめこ、のせねぇで、ヤマハハのせた。けっけろっけー。」

と、きこえる。なんどもそう鳴かれるので、やっと両親もヤマハハが化けていること

に気がついた。馬からヤマハハをひきずりおろしてころしてしまい、物置のすみから

むすめの骨をみつけたんだとさ。

これでどんどはれ。

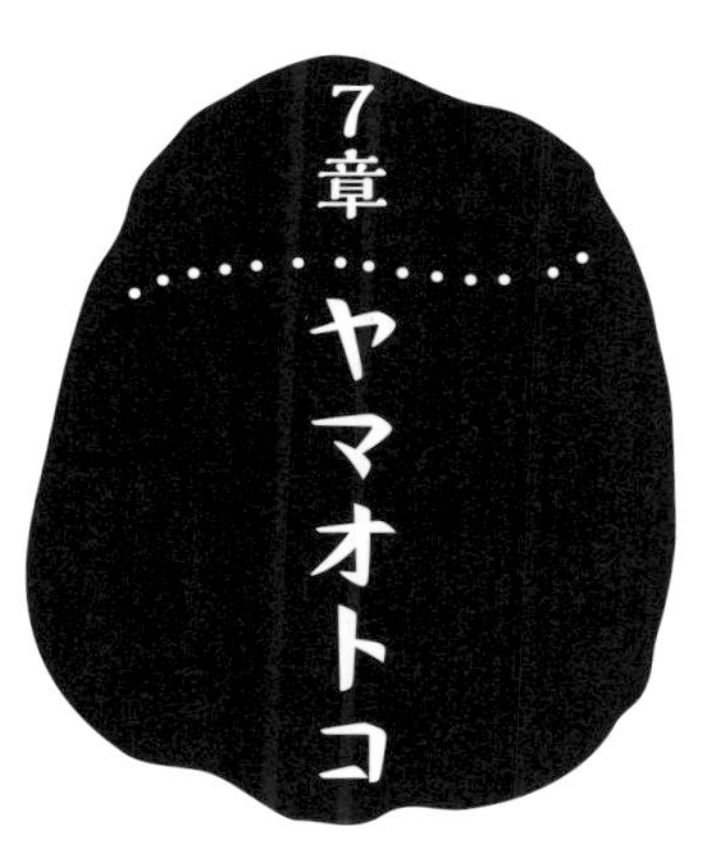
7章
ヤマオトコ

遠野の山にいる女の話はしたから、こんどは山にいる男の話な。天狗の話もいっしょにすっかな。

菊池弥之助という男の話だ。

この男は、馬方といって馬に荷物を積んではこぶ仕事をしていたんだ。笛の名人で、夜どおし馬を追って仕事をしなければいけないときは、よく笛をふきながら仕事をしてたんだそうだ。

ある薄月夜だ。仲間の馬方たちに、

「弥之助、笛っこでも、ふけじゃ。」

と、せがまれて笛をふいた。

境木峠の大谷地という谷の上をとおったあたりだったそうだ。大谷地は深い谷で、シラカバの林があってその下には葦がしげるしめった沢なんだ。

その谷の底からだれかの高い声で、

「おもしぇぞ！」

と、よぶ声がしたそうだ。おもしぇっていうのは、おもしろいという意味だな。

みんなで、びっくりしてにげだしたんだと。

小国村の男は、早池峰山に竹をとりにいった。

竹がおいしげるあたりから、地響きのような音がする。なにごとだろうとみてみると、竹で編んだ自分のぞうりの五倍はありそうなぞうりがぬぎすててある。

ちかよっていくと、大きな男が竹のなかでねていたんだそうだ。

土淵村の子ども十四、五人が、早池峰山へ遊びにいったときのことだ。

あそびほうけていて気がついたら夕方ちかくなってた。

「はやぐかえるべ。母ちゃんにしかられる。」

と、いそいで山をおりてふもとまできたころだったそうだ。

下のほうから急ぎ足でのぼってくる背の高い男にあった。その男の肌は黒くて、目はきらきらして、肩には古ぼけた布の小さなふろしき包みをせおってる。

これから日は暮れるというのにいまから山へはいるのか？　それに、みかけない男だと、こわくなったけれど、子どものひとりが、

「おんちゃま、どこさいぐのす？」

と声をかけた。

「小国さいぐ。」

男はそうこたえたそうだ。

でも、その道は小国村へいく道ではなかったんだ。

子どもらが、あれー、へんだぞと、立ちどまって顔をみあわせているあいだに、子どもたちとすれちがった男のすがたは、もうみえなくなっていたんだと。

「ヤマオトコだ！」

「んだ。ヤマオトコだ！」

子どもらは口ぐちにいいたてて、家へにげかえったんだ。

早池峰山の前に鶏頭山というけわしい山があるんだ。ふもとの村では前薬師ともよんで天狗がすむ山だっていわれてる。だから早池峰山にのぼろうとする人でも、鶏頭山にはのぼろうとはしない。天狗がこわいからなんだろうさ。

山口のハネトという家の主人は、佐々木喜善のじいさんと子どものころからの友達だったそうだ。この男、若いころは乱暴者で、そのうえ、まさかりで草を刈ったり、鎌で土を掘ったりしたそうだ。道具をつかう場所がちがうだろ。

そんなことして仕事にならないと思うけどな。

その男が、ある人と賭けをした。

「ひとりで前薬師にのぼってこれるが？」

と、いわれて、

「ああ、のぼってみせる。まってろ！」

というと、すぐのぼってきたそうだ。

のぼってきたにしては、あまりにはやかったんだな。

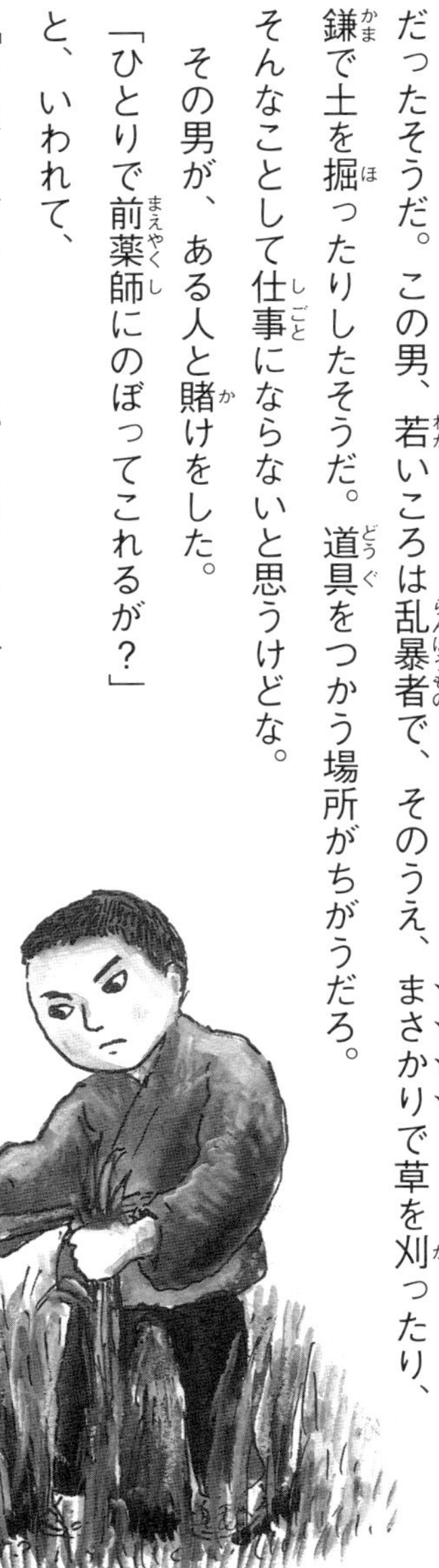

「ほんとに、のぼったのがあ？」

とうたがわれたわけだ。

それで、その男の話だ。

前薬師の頂上までのぼったら、大きな岩があった。その岩の上に大男が三人すわっていて、その男たちの前に金銀がいっぱいならべてあった。

男がちかづいていくのに気づいて、三人の男がふりかえったそうだが、その目つきのこわいことこわいこと、乱暴者の男でもすくみあがった。

「は、早池峰山にのぼるべっとして、道さまよったのす。」

男は、ふるえながらなんとかそう

いった。

「それならおくってやっか。」

大男は立ちあがって、男の先にたって山をおりだしたんだ。

大男の足はそりゃあはやかったそうだ。男もひっしでついていった。あっというまに、ふもとまできてしまったそうだ。

「まなぐ、つぶってろ。」

大男がそういうので男が目をつぶった。まなぐとは、目のことだ。

目をつぶっているあいだに、大男は消えていたんだそうだぞ。

和野村の嘉兵衛という猟師の話だ。この猟師は、まえにも出てきた。山でふしぎな女をみかけて、鉄砲で撃った男だ。

山のなかでむちゅうで獲物を追っていて、気がついたら夜になってた。暗くて小屋をつくることもできないから、大木の下でねむることにしたわけだ。

嘉兵衛は、自分とその木のまわりに、サンズ縄という魔除けの縄を三囲りめぐらし

た。サンズ縄というのは、葬式につかう縄で、三途の川のサンズからそうよばれるんだ。そして、鉄砲をいつでも撃てるように抱きかかえてうとうとしだした。

夜中だ。物音で嘉兵衛は目がさめた。

お坊さんの衣装をきた大きな男が、赤い衣を羽のようにはばたかせて嘉兵衛がいる木の梢にとまろうとちかよってきたんだ。

嘉兵衛は、

「なんだ？　化け物か！」

と、かかえていた鉄砲をかまえて撃った。

その弾があたったかどうかわからないが、赤い衣の坊主は、また羽をはばたかせて身をひるがえしてにげていったんだそうだ。

「ほんに、このときほどおっかね思いをしたごどね。この世のものとは思われねえものをみてしまった。」

嘉兵衛は、じいさまになってもこのときのことをこわがったそうだぞ。

松崎村（まつざきむら）には天狗森（てんぐもり）という山があるんだ。そのふもとの桑畑（くわばたけ）での話だ。村の若者（わかもの）がはたらいているあいだにとつぜんねむくなった。あんまりねむくてどうしようもないので、ここは昼寝（ひるね）でもしようかと、畑の畔（くろ）にこしかけて居眠（いねむ）りをしはじめたんだ。

すると、どこからともなく大男があらわれた。まっ赤（か）な顔（かお）をして、若者の前にたちはだかって、上からみおろすように若者をみる。

みくだされているように感じたんだろうな。

「おめ、どごがらきたのや？」

若者は立ちあがってきいた。でも、返事はないんだ。

その若者は、力じまんで相撲好きだったそうだ。返事もしないとは、ばかにされたと思ったのか、若者はその大男をつきとばしてやろうととびかかったんだ。なのに、反対に自分のほうがとばされて、気をうしなってしまった。

気がついたのは、夕方になってからだったそうだ。もちろん、大男のすがたはなかったんだ。

若者は家にかえってそのことを話した。信じてもらえたんだろうか。仕事をさぼった言いわけだとでも思われたかもな。

その秋だそうだ。

村の人たち大勢で、早池峰山に萩を刈りにいった。さあ、かえろうとすると、その若者だけすがたがない。みんなおどろいておおあわてでさがしたんだ。そうしたら、深い谷底に、手足をもぎとられたすがたで死んでいたんだ。

天狗森には天狗がたくさんすんでるってことは、よく知られたことなんだぞ。

郵便はがき

料金受取人払郵便

牛込局承認

7559

差出有効期間
2023年4月30日
(期間後は切手を
おはりください。)

162-8790

東京都新宿区市谷砂土原町3-5

偕成社 愛読者係 行

〒□□□-□□□□ 都・道 府・県

ご住所 ふりがな

お名前 ふりがな

お電話

●ロングセラー&ベストセラー目録の送付を…… □希望する □希望しない

●新刊案内を…… □希望する→メールマガジンでご対応しております。メールアドレスをご記入ください。
□希望しない

@

偕成社の本は、全国の書店でおとりよせいただけます。

小社から直接ご購入いただくこともできますが、その際は本の代金に加えて送料+代引き手数料(300円〜600円)を別途申し受けます。あらかじめご了承ください。ご希望の際は03-3260-3221までお電話ください。

SNS(Twitter・Instagram・LINE・Facebook)でも本の情報をお届けしています。くわしくは偕成社ホームページをご覧ください。

オフィシャルサイト
偕成社ホームページ
http://www.kaiseisha.co.jp/

偕成社ウェブマガジン

http://kaiseiweb.kaiseisha.co.jp/

*ご記入いただいた個人情報は、お問い合わせへのお返事、目録の送付以外の目的には使用いたしません。

ご愛読ありがとうございます

今後の出版の参考のため、みなさまのご意見・ご感想をお聞かせください。

〈年齢・性別の項目へのご回答は任意です〉

この本の書名『　　　　　　　　　　　　　　　　　　　　　　　　　　　　　　　　　　　　　　』

この本の読者との関係

□ご本人　□その他（　　　　　　　　　　　　　　　　　　　　　　　　　　　　　　　　　　　　　）

ご年齢（読者がお子さまの場合お子さまの年齢）　　　　　　　　　　　歳（性別　　　　　　　）

この本のことは、何でお知りになりましたか？

□書店店頭　□新聞広告　□新聞・雑誌の記事　□ネットの記事　□人にすすめられて
□図書館・図書室　□偕成社の目録　□偕成社の HP・SNS
□その他（　　　）

作品へのご感想、ご意見、作者へのおたよりなど、お聞かせください。

ご感想を、匿名でウェブサイトをふくむ宣伝物に使用させていただいてもよろしいですか？　□匿名で可　□不可

8章 フッタチ

山には、山人のほかに、フッタチもいる。フッタチとは経立と書くんだ。年をとった動物が人間のように知恵をつけてわるさをするようになるってことだ。

猿たちは、山にたくさんいて、人をみればにげはするが、木の実をなげてきたり、石ころまでなげたりする。いまだって、観光地の猿は、人間の食い物を取ってたりするしな。遠野の猿と、そう変わりはないよな。でも、フッタチになるとちがうぞ。

遠野では、子どもをおどすとき、猿のフッタチがくるぞといった。「はやくねないと、なんとかがくるぞ！」ってやつだろうな。いまは人それぞれにこわいものがちがうから、おどす言葉もそれぞれだろうな。

猿のフッタチは子どもどころか村から女の人をつれさったりしたらしい。松脂を毛にぬって、その上に砂をなすりつけている。まるで、鎧をきているようだったそうだ。鉄砲の弾もとおらなかったらしい。頭いいよな。

六角牛山の峰つづきで、橋野村の上にある山に金坑があった。その金坑のために炭をやいて生計をたてている男がいたそうだ。その男がある日の昼に、炭焼き小屋でねころんで笛をふいていた。たいくつだったんだろうさ。すると、小屋の入り口にさげてあるむしろをもちあげて小屋をのぞいたものがいる。おどろいてはねおきると、猿のフッタチと目があった。おそろしくて悲鳴をあげようとするまに、猿のフッタチはゆっくり走りさっていったんだとさ。猿も、なんの音かなって、みてみたかったんだろうな。

栃内村の鹿撃ちにいった男は、鹿をおびきよせようと、鹿の鳴き声に似た音をだすオキとよばれる鹿笛をふいた。その音をほんものの鹿とまちがえた猿のフッタチが山をくだってきた。おいしげっている竹を手でかきわけて、まっ赤な口をあけて走ってくるんだ。びっくりしてオキをふくのをやめてちぢこまっていると、鹿がどこかへいったと思ったんだろう。男からそれていったんだそうだ。鉄砲ももっていたろうに、足がすくんだんだろうな。おれ、その気持ちわかるぞ。

そんなものにむかってこられたら、かたまるしかないぞ。

猿のフッタチもこわいけど、狼のフッタチもこわいぞ。遠野では狼は御犬とよぶんだ。

山口村の近くに二ツ石山っていう岩山があるんだ。そこでの話だ。

ある雨の日、小学校からかえる子どもが、その岩山に御犬が何頭かうずくまっているのをみたんだ。子どもの下校時間だぞ。昼間だぞ。

御犬は首をもちあげてかわるがわるに吠えたそうだ。体は生まれたての馬ほどもあったという。御犬のうなる声ほどおそろしいものはないらしい。

境木峠と和山峠のあいだでは、しょっちゅう狼にでくわしたらしい。

むかし、荷物をはこぶのは、みんな馬なんだ。馬をひく馬方たちは夜は、十人ぐらいいっしょにあつまって仕事をした。ひとりの馬方が五、六頭の馬をひく。だから、いつも四、五十頭の馬が夜の山道をあるいたわけだ。

ある夜、その馬たちをねらって二、三百頭もの狼がおいかけてきた。その足音で山がゆれるようだったそうだ。あまりおそろしくて、馬も人も一か所にあつまって、そのまわりに火を燃やして身をまもろうとした。でも、狼たちは、炎をとびこえてくる。しかたがないので、馬の手綱をといてそれをはりめぐらせた。すると、狼たちは罠とかんちがいしたのか、とびこんでこなくなった。でも、遠くからとりかこんだまま夜が明けるまで吠えていたらしい。

小友村の旧家のじいさんの話だ。旧家というから金持ちだったんだろうな。

そのじいさまは、町から酔ってかえってきたときに、御犬の吠え声をきいた。酔っていたじいさまは、おもしろがってその声をまねしたそうだ。すると、御犬があとをつけてくる。こんどはすっかりこわくなって、家へかけこんで、とじまりして、小さくなってふるえてたんだと。御犬は、しつこく、じいさまの家のまわりをまわって吠えていたそうだ。

夜が明けてみると、御犬は、土台の下を掘りすすんでなかにはいり、じいさまの馬

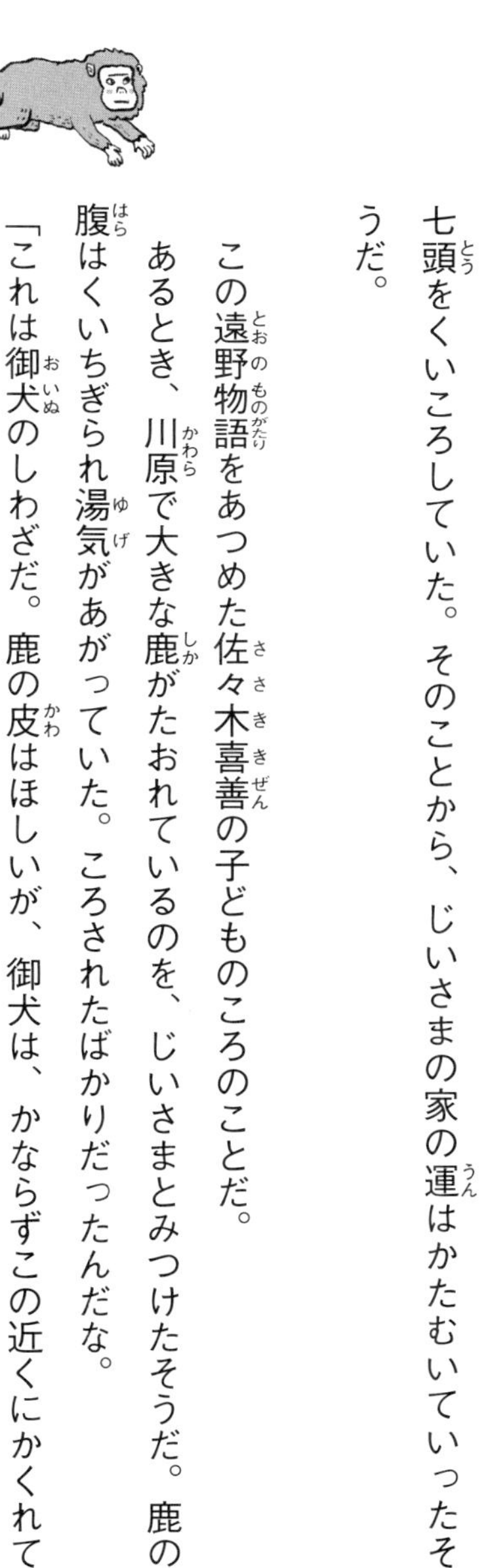

七頭をくいころしていた。そのことから、じいさまの家の運はかたむいていったそうだ。

この遠野物語をあつめた佐々木喜善の子どものころのことだ。

あるとき、川原で大きな鹿がたおれているのを、じいさまとみつけたそうだ。鹿の腹はくいちぎられ湯気があがっていた。ころされたばかりだったんだな。

「これは御犬のしわざだ。鹿の皮はほしいが、御犬は、かならずこの近くにかくれてみているにちがいねぇ。あきらめるべな。」

と、じいさまはいったそうだ。

鹿の皮はやわらかいからな。きっと貴重品だったんだろう。ほしいがあきらめたってことは、皮をもってかえればあとで仕返しをされるとこわがったんだろうさ。御犬は、執念ぶかいってことだろうな。

御犬の執念ぶかい話をひとつすっかな。

遠野の家は萱ぶき屋根だ。南部曲がり家というやつだ。みたことないかな？ 萱でぶあつくふいていくんだ。何年かごとに屋根をふきかえる。ふきかえるのは村人総出でてつだうんだ。だから、萱を刈るのはだいじな仕事なんだ。

飯豊村の者たちが萱刈りにいったときだ。

岩穴で子どもの狼を三匹みつけたことがあった。二匹ころして、相撲取りみたいに体格のいい力じまんの鉄という男が、おもしろがって一匹は村にもちかえるという。

「やめどげ。狼の子なんぞ、人になれるもんでね。」

年かさの男たちが、やめるようにいったが、

「犬とかわりねぇ。かわいいもんだ。狼なんぞ、飼いならしてみせるでば。」

と、村につれてかえった。

でも、狼なんてそだてられるはずもない。鉄の手からなんてえさも食べないし、水ものまない。みていなければ水ぐらいのむかと思っても、のみもしない。とうとう、その一匹もすぐ死んだそうだ。

すると、ほかの村の馬はなんともないのに、その村の馬だけが狼におそわれるよう

になった。これではやっていけないので、村のものたちは狼狩りの一団を結成することにした。大将はその鉄だ。

野に出ると、雄の狼は遠くにいてちかよってこない。でも、近くの草むらになにかいるのはわかった。狼は十センチの草むらがあれば、身をかくせるといわれている。鉄が気配を感じてそこをみたとたん、雌の狼が一頭、鉄めがけてとびかかってきた。鉄は上着をぬいで腕にまくと、その狼の口のなかに腕をつっこんだんだ。すげえよな。

「だれか、たすけでけろ！」

鉄がさけんでも、村人はおそろしがって、遠巻きにするだけだ。

鉄の腕は狼の腹まではいってる。でも、狼もくるしまぎれに鉄の腕の骨をかみちぎる。けっきょく、狼はそこで死んで、鉄も村までかつがれてかえったんだが、まもなく死んだそうだ。すさまじいだろ。

9章　鳥（とり）

山には、猿や狼などの動物のほかに、鳥もいる。

鳥のなかでいちばんさびしい鳴き声なのは、オット鳥っていうんだ。

むかし、長者っていうのは金持ちってことかな。そこのむすめが、やっぱりほかの金持ちの家の息子とつきあいだしたんだ。山であっていたら、男のすがたがとつぜん消えた。夕暮れ

になっても夜になっても、さがしあるいたんだがみつからなかったそうだ。そのむすめは、あまり悲しくて鳥になってしまった。その声がオットーン、オットーンときこえるんだ。オットーンというのは夫ということだ。さいごのほうはあまり泣いたせいかかすれて、それがまたあわれなんだそうだ。おれ、まだきいたことがねえ。

馬追鳥っていうのもいる。ホトトギスに似てるがすこし大きい。羽の色は赤茶色で肩に馬の手綱のような縞があって、胸のあたりに馬の口にかぶせる網のようなもようがある。

むかし、ある長者の奉公人が山へ馬をはなしにいった。かえろうとすると馬が一頭たりない。奉公人は夜どおし馬をさがしあるいたが、とうとうみつからなかったんだ。そして、その奉公人は馬追鳥になってしまったんだと。

馬追鳥は、アーホー、アーホーと鳴く。その鳴き声は、この地方の馬を追うときのかけ声と同じだそうだ。

馬追鳥は山奥にすんでるんだが、たまに里にきて鳴くこともあるそうだ。それは飢饉の前兆だというぞ。


カッコウとホトトギスは、むかし、姉妹だった。

あるとき、姉は芋を掘って焼いて、芋のまわりのかたいところを自分が食べて、なかのやわらかいところを妹に食べさせた。

それに気がついた妹は、

「姉さまは、自分だけおいしいところをくった。」

と思って、包丁で姉をさしころしてしまったんだ。

するところされた姉は、鳥になって「ガンコ、ガンコ」鳴きながら飛んでいってしまった。ガンコというのは、遠野の方言でかたいところという意味なんだ。この鳥がカッコウだ。

その鳴き声をきいて妹は、

「姉さまは、かたいところを自分がくって、やわらかいところをおらさ、くれたんだ。」

と後悔したんだ。

すると妹も鳥になって、「包丁かけた」と鳴いたそうだ。

遠野では、ホトトギスをホウチョウカケとよぶ。

盛岡では、ホトトギスは、

「どっちゃへとんでった。」

と、鳴くといわれているんだ。

10章 狐（きつね）

そして山には狐もいる。狐は、遠野でなくても、人をたぶらかしたりする話があるよな。遠野の狐もそりゃいろいろいるぞ。おもしろいのも、こわいのもな。

和野村の菊蔵っていう男だ。姉の家で祝いごとがあって、そこへよばれたかえり道だったそうだ。おみやげにもらった餅をふところにいれて、酔っぱらってきげんよくあるいていたら、友達の藤七にあった。

林のなかだったが、そこだけ木がなくて芝がふかふかとはえた原っぱになってたそうだ。

藤七が、にこにこしてそこを指さして、

「どだ？　相撲でもとらねが。」

っていう。

菊蔵も酔っぱらってたし、おもしろがって相撲をとったそうだ。

この藤七が、ものすごく弱くて、菊蔵にかんたんにかかえあげられて投げられる。

菊蔵はおもしろがって三回も投げたんだ。

「やあ、どうしたごどだべ。きょうはさっぱり力がはいらねぇ。まだな。」

と、藤七はかえっていった。

菊蔵も家へむかったが、しばらくあるいて、ふところにいれた餅がないことに気がついた。あわてて相撲をとったところまでもどったが、餅はなかったそうだ。

そこではじめて狐に化かされたかなと思ったそうだが、狐と相撲をとったなんていったら、ばかにされると思ったんだな。だれにもいわないでいたそうだ。

しばらくして酒屋で藤七にあったので、

「四、五日まえ、林のなかでおれと相撲とらねがったが？」

ときいたそうだ。

「なにかだってる？　おれはその日は浜のほうさではってらったじゃ。」

藤七は、とんでもないと首をふったそうだ。かだってるというのは、遠野の言葉で、なにをいってるんだというか、冗談いってるのか？　っていうような意味だな。

菊蔵は、やっぱり狐に化かされたらしいと思ったものの、だれにもないしょにしてたんだ。

なのに、正月の休みに、みんなで酒をのんでいたときに、狐の話が出てしまった。菊蔵は、

「じつは、おれも――。」

と、狐と相撲をとって餅をとられた話をして、みんなに大笑いされたそうだ。まあ、餅をとられたぐらいだ。笑い話だな。

やっぱり和野村のある猟師の話だ。

キジ撃ちの人がつかうキジ小屋っていうのがあるんだ。人ひとりはいれる小さな小

屋なんだ。猟師はそこにひそんでじっとキジをねらっていたそうだ。
キジがいた！　ねらえそうだと鉄砲をかまえると、狐が出てきてちょっかいをかける。狐は、腹がへってるようでもない。キジにとびかかるふりをして、キジをにがしてしまう。まるであそんでいるようだ。猟師のじゃまをしておもしろがってるようなんだ。

　それも一回や二回じゃなくなると猟師も、腹がたった。

「狐のやつ！　まず、あれから撃ってやっぺ。」

と、狐にねらいをさだめて鉄砲をかまえた。

　狐はすました顔で

「撃てるもんなら、撃ってみたらいいべ。」

ってな調子で猟師をみたんだと。

　猟師は腹だちまぎれに、引き金をひいたそうだが、弾が出ない。おかしいと思って鉄砲をしらべたら、鉄砲の筒先から手元のほうまで、ぎっしりと土がつめてあったんだそうだ。

だれがそんなことした？　猟師だぞ。鉄砲の手入れはぬかりなくしてる。狐のしわざだろうか？　それはわからないままだ。

こわい話もすっかな。

船越の漁師が仲間と夜おそく吉里吉里から四十八坂のあたりを家へむかってあるいていたそうだ。小川のあるところでひとりの女にあった。漁師は、どこかでみたようなと思ったんだ。

「なんだべ、おらえの女房みでえだども。」

みればみるほど、その漁師の女房にみえてくる。

でも、こんな夜更けに女房がたったひとりで山のなかにいるはずがない。考えれば考えるほど、これは化け物だと思ったんだ。それで、その漁師は魚をさばく包丁で、その女の背中をつきさした。女は、おそろしい悲鳴をあげてたおれこんだ。

化け物退治をしたはずなのに、たおれたすがたは女房のままなんだ。

さすがに漁師は、もしかしたら、ほんとうにおれの女房だったんじゃないかと心配になった。それで、仲間にあとのことをたのんで走って家へかえった。

家では、女房が青い顔をして漁師をまっていたそうだ。

「いま、おそろしい夢をみだのす。夢のなかで、あんまりおめさんの帰りがおそいがら、とちゅうまでむかえにではったところだったおや。山のなかで、なにがしらねども、こわいものに命までとられそうになって、とびおぎだどこだった。」

女房はそういった。

漁師は、やっと安心して、やっぱり化け物だったのかと、もとの場所へとってかえした。その場所にのこっていた仲間が、

「みろ！　おめのころした女、狐さ、なったぞ。」

と、一匹の狐の死骸をゆびさしたそうだ。

夢のなかで野山をいくときは、狐をやとうことがあるっていうぞ。やとうというけど、狐がかってに、

「あ、あの女房、夢のなかで、四十八坂、はせるどこだな。」

と女房の夢を察知するんだ。はせるというのは、走るということだ。遠野の狐はそれ

ぐらいするぞ。
狐は女房のすがたになって山を走ったんだろうさ。女房になりすましてなにかわるさでもするつもりだったのかもな。

もうひとつ、こわい狐の話な。

ある男が夜おそく山道をかえることになった。夜もふけてつかれてきたんだ。豊間根村をすぎたあたりで知り合いの家のあかりがみえたから、

「おばんです。おもさげねぇども、やすませでくなんせ。」

と、その家の戸をたたいた。おもさげねっていうのは、すみませんがというようなことだな。

すると、

「ああ。いいとこにきてくれだ。きょうの夕まに死人が出だのす。人をよびにいきてども、るすしてくれる人がいなくて、こまってるどごだった。」

その家の主人は、そういってでかけていってしまった。めいわくなことだと思った

そうだが、これも、しょうがない。その人は、囲炉裏のそばにすわってたばこをふかしていたそうだ。

死人はおばあさんのようで、部屋の奥にねかせられている。みるともなくそっちのほうをみたときだ。おばあさんの死体がむくむくとおきあがって、しゃんとすわってしまった。

おどろいて悲鳴をあげたくなったが、こんなことがあるはずがないと、心をおちつけてあたりをみまわした。すると、台所の流しの水はけの穴に狐の顔らしいものがみえた。穴から顔をさしだしてじっと死人のほうをみつめている。

男は、こっそり家の外へ出てうしろへまわってみると、やっぱり狐だったそうだ。うしろ足でつまさきだって、流しの穴に首をつっこんでいる。男は、そばにあった棒でその狐を打ちころしたという。

11章
魂
たましい

狐があやつって死人がおきあがる話をしたから、こんどは死んだ人の魂の話な。

佐々木喜善のひいばあさんが死んだときの話だ。

ひいばあさんをお棺におさめて、親戚は座敷にあつまってねたんだ。喪のあいだは火の気をたやさぬようにするのが、遠野の風習なんだ。だから、ばあさんと母さんのふたりが囲炉裏ばたにすわって、火の番をしながらおきていた。母さんが炭のはいった籠をそばにおいて、炭を囲炉裏にたしていたそうだ。

足音がするとうら口のほうをみたら、立っていたのは死んだばかりのひいばあさんだったそうだ。ひいばあさんは腰がまがって着物のすそをひきずるので、いつもすそを三角におりあげて縫いとめてあった。まったくそのとおりの着物で、きている着物の縞もようにもみおぼえがあった。

そのひいばあさんは、おどろいているふたりのそばをとおっていく。ひいばあさん

の着物のすそが、炭をいれている籠にさわった。丸い籠だったので、籠がくるくるとまわったそうだ。

ばあさんは、ひいと小さくさけんで、頭をかかえてちぢこまった。母さんは、しっかりした人だったので、ひいばあさんがすすんでいくほうをみていた。

ひいばあさんは、みんなのねている座敷のほうへあるいていったそうだ。そのなかにひいばあさんのむすめもいた。そのむすめが、

「ばあさんがきた！」

とさけんで、みんながおどろいてとびおきたんだ。

むかしは、葬式のあとも、何日かあとに親戚があつまって念仏をとなえる日が何回かあったんだ。死んだ日から一週間ごとだろうな。ていねいに死んだ人を供養したんだぞ。

そのあるきまわったばあさんが死んで二十七日めだ。供養をしに近所の人や親戚の人があつまったんだそうだ。念仏をとなえたあと、親戚たちがその家からかえろうとしたら、その家の門口の石に腰かけてるばあさんがいる。そのうしろすがたは、死んだばあさん、そのままだったそうだ。それは、あつまっていた親戚が何人もみたんだ。みんな、ばあさんは、この世になにか思いのこしたことがあったんだろうといったそうだ。

「ばあさんがきた！」

とさけんだひいばあさんのむすめな、婚家先から実家にかえされた人だったそうだぞ。離婚したってことだな。ひいばあさん、そのむすめのことを心配したんじゃないだろうかな。むすめっていっても、そのころには、もうばあさんだったろうし。ばあさんになって実家の世話になって肩身をせまくしてくらしてたってことだろ。

遠野では、六十歳をこえた年寄りは、デンデラノといわれる土地に追いやられたんだ。年をとると体力もおとろえて農作業もできなくなる。でも、食い扶持は一人前だ。貧しい農家では年寄りは重荷でしかないわけだ。姥捨てだな。家族にもうしわけないからって自分から家を出る年寄りもいたらしい。姥捨ての場所が遠野はデンデラノってきまってたんだな。デンデラノにおいやられた年寄りは、元気なうちは里へやってきて畑仕事なんかてつだって、くわせてもらうわけだ。そして死をまつんだな。ひいばさんは、自分のむすめもデンデラノへ追いやられると心配したんじゃないか。それが心のこりだったんだろうさ。

ある金持ちの家の主人が病で死にそうだった。そういううわさをきいていたのに、ある日、その本人が菩提寺にやってきた。

「これはこれは。具合がわるいどきいでらったども、お元気そうで、ようござんすな。」

和尚さんは、よろこんでお茶をだして世間話などしたそうだ。

それでも、かえるときにどうもようすがおかしいような気がしたんだな。きゅうにあんなに元気になるものだろうかと思ったんだろうさ。それで、和尚は、

「あとつけでいってみろ。」

と、小僧さんにいいつけたんだ。

「寺の門を出ると、家のほうへむかってかえりました。でも、町角をまがったとたん、すがたがみえなぐなってしまった。」

小僧さんは青い顔をしてもどってきたそうだ。

でも、このかえり道でその人にあった人はまだほかにもいて、

「いつものように、あいさつしてくれだった。」

といったそうだ。

でも、その人はその晩に亡くなってしまって、とても外出などできる状態ではなかったんだそうだ。

和尚さんは、それではだれがお茶をのんだんだろうと思ったんだな。それで、茶碗のあったところをしらべたら、畳のしきあわせにみんなこぼしてあったんだそうだぞ。

飯豊村の菊池松之丞という人の話だ。

その男、いまでいう腸チフスにかかってしまった。その病気は熱がうんとあがるんだそうだ。

熱にうなされて、夢をみたんだろうな。

自分はもう死んでしまう。とにかく寺へいくぞと決心したんだな。

「なんとしても、菩提寺にいがねばなんねぇ。」

と、いそいであるいてたんだと。

足を一歩前にふみだすと、すーっと身が軽くなって宙に体がうかびあがる。ちょうど、人ひとりとびこすあたりまであがって、それからゆっくり地面へおりていく。まあ、気持ちがよかったらしい。また足をふみだすと、また体がうきあがる。

「なんたら、いい気持ちだごどや。」

と、宙を飛ぶようにあるいて寺の門まできてしまった。

すると門の前に人だかりがしていた。

「なにごどだべ？」

と、男が門をくぐるとまっ赤な芥子の花が、どこまでもどこまでも咲いていた。

「なんと、きれいだごど。」

と、男はその花のなかで、ただただ気持ちがよかったんだな。

　みると花のなかに自分の死んでしまった父親が立っていたそうだ。

「おめもきたってが？」

と、父親がいったそうだ。その男は、自分がどこへきたのかもよくわかっていなかったし、どうして亡くなった父親にあえるのかもわからなかったから、返事もろくにできなかったんだな。

　そのまますすんでいくと、こんどは、さきに死んでしまった自分の息子が立っていたそうだ。

「トッチャ、なんできたのや？」

と、息子が悲しそうな顔をしていったそうだ。

「おめ、こんなところにいだのが？」

男がよろこんで息子にちかよろうとすると、

「だめだ。トッチャは、ここさきてはわがね。」

と、息子はこわい顔になって首をふったそうだ。わがねっていうのは、だめだ！っていう意味だな。

「なんで、わがねって！　親が子のそばさいぐのが、なんでわがね！」

男は息子にかけよろうとしたそうだ。

そのとき、門のあたりで自分の名前を一生懸命によんでる声がきこえたんだ。なにかだいじな用でもあるようにきこえる。でも、ここには父親も息子もいる。うごきたくないと思う。それでも、男をよぶ声はつづいている。

「なにがだいじな用だべが。」

いやいやひきかえそうかと男が思ったとたん、男はふとんのなかで正気にもどったそうだ。

ふとんのまわりに家族や親戚があつまって、男に水をかけたり名前をよんだりして、死にかけた男をよびもどしたんだ。

土淵村の北川清という人の福二という弟が、縁あって沿岸の田の浜に婿にいった。子どもも三人できてそれなりにくらしていたんだが、大津波におそわれた。家も女房も子どももひとり、その津波にもっていかれたんだ。

家のあったあとに小屋をたてて、のこされたふたりの子どもとくらしていたそうだ。一年ほどたった夏のはじめだ。夜中便所におきた。でも、仮小屋だから、便所ははなれたところにあったんだ。波打ちぎわの道をあるいていかなければいけなかった。

その日は、道に霧がでていた。海からゆっくり霧がはいあがってくる。その霧のなかを男と女があるいてくるんだ。ちかよってくるふたりをみれば、女のほうは、福二の津波で死んだはずの女房だっていうんだ。

福二は、まさかと立ちつくしたが、たしかめようとふたりのあとをつけたんだ。自分の女房にみえる。そしていっしょにいる男のほうは、やっぱり津波で死んだ同じ村の男だ。女房とその男は、若いころおたがいにふかく思いあっていたときいたこともある。福二が婿にこなければ、そのふたりは夫婦になっていたはずだともきいた。

ふたりはどんどんあるいていく。福二はがまんできなくなって女房の名前をよんだんだ。すると女房は、ふりかえって福二をみてほほえんだそうだ。

「いま、この人どいっしょにくらしてます。」

と、しあわせそうにいうんだと。福二はかっとしたんだ。亡くなった女房をなつかしく思ったのに、新しい夫がいるってへいきでいわれたんだもの。

「こっちにいる子どもは、かわいぐねのが?」

福二がおこると、女房はやっと顔色をかえて、そして泣いたんだと。

福二は、きっと子どものことじゃなく、おれのことはどう思ってるんだってききたかったんだな。男手ひとりで子どもをふたりもそだてている自分に感謝してほしかったのかもな。

すがたをみるだけじゃない、話をすることもできるから、死んだ人には思えなかったそうだ。こんなふうにみえて話せたら、どうして自分のところへかえってきてくれないんだと思ったんだろう。福二は悲しくて情けなくてうつむいてくちびるをかんでたそうだ。そのあいだにそのふたりはどこかへいってしまっていたそうだ。

あわててあとをまた追おうとして、ふたりは死んでいることをまた思いだしたんだ。福二は明け方までいろいろ考えて立ちつくしていたそうだ。

なにを考えたのかな？　女房の生きていたときの気持ち？　男を婿にもらったものの、やっぱりむかしからの人がずっと好きだったのかとか。せっかくあえたんだから、しあわせそうでよかったなっていってやるべきだったとか。

福二は、それからしばらくねついたそうだ。幽霊をみたからだろうか。

12章
川にいる女

海の話もしたし、山にいる女や男や動物の話もした。さいごは川にいる女の話な。

川井村の長者の奉公人が、山で木を伐るときにつかう斧を川へおとしてしまった。主人の斧をかりているわけだから、なんとしてもとりもどそうと、その男は川へもぐったんだ。

すると川底の岩のかげに家がある。はいっていくと、家の奥でむすめが機織をしているんだ。そのそばに男がおとした斧がたてかけてある。

「その斧をかえしてけねべが。」

と男がたのむと、機をおっていたむすめがふりかえった。なんと、そのむすめは、二、三年まえに死んでしまったはずの主人のむすめだったそうだ。

「斧はかえす。だっとも、おらがここにいることは、だれにもいってはならねぇぞ。その礼として、おめが奉公などしなくても身のたつようにしてやっから。」

むすめはそういったんだな。

　それから、その男の運(うん)がつきだしたそうだ。ばくちをやっても、たいてい勝(か)っちまう。金がたまったので、奉公(ほうこう)もやめて中ぐらいの農民(のうみん)になれたんだ。

　ところが、この男、町へいくとちゅう、その川のあたりをとおって、思いだしてしまった。供(とも)の者(もの)に、

「おれはむかし、おめのような奉公人だった。だっとも、斧をこの川におとしてしまってな。ひろってくるべど川へもぐったんだ。その川の底で奉公先のご主人のいなぐなったむすめのごどみつけてしまったのよ。むすめは、斧ばかえすども、おれがここにいるごどはしゃべるんじゃねぇぞ。そのかわり、身のたつようにしてやっからっていったのよ。」

と、じまんしてしまったんだ。

この男ときたら、だれにもいってはなりませんといわれたのに、しゃべってしまったわけだ。

そのうわさは、すぐひろまった。すると、その男のすることなすこと、みんなうまくいかなくなって、けっきょく、むかしの主人のところで、また奉公人にやとってもらって、奉公人のまま死んだそうだ。

その家の主人は、むすめが川の底でくらしているときいて、川へ熱湯をそそぎいれたりしたらしい。冷たい水の底でかわいそうにと思ったんだろうな。まあ、なんの変わりもなかったそうだがな。親心っていえば親心かな。

遠野の町のなかに池の端という家がある。その先代の主人が沿岸の宮古という町へいったかえり、川で若い女にあったそうだ。その女が、手紙をとどけてくれないかってたのむ。
「遠野の町の物見山に沼があるべ。そごさいって手をたたげば、この手紙をうけとる人が出てきます。その人にわたしでけねべが。」
　そういわれたからあずかってきたものの、なんとなく薄気味わるいわけだ。あたりに家もない川に、なんであんなに若くてきれいな女だたっ

たひとりでいたんだろう。沼へいって手をたたいて出てくるものは、人間ではなさそうだ。と不安になったんだろうさ。

かえるとちゅうで偶然、山で修行中のひとりの山伏にあった。それで、その手紙をよんでもらったら、

「このままこの手紙をもっていけば、おめさんは、たいへんなめにあうだろう。わたしが、手紙を書きかえてやるべ。」

といってくれて手紙を書きなおしてくれた。

その男はいわれたとおりに、物見山の沼で手をたたいた。すると沼から若い女があらわれて手紙をうけとって、お礼に小さな石臼をくれたそうだ。

その石臼に米を一粒いれてまわせば、金が出たんだと。その男はその金で裕福になっていったわけだ。男は、神様にお供えするように、石臼の前に毎朝水をお供えしてありがたがっておがんでいたそうだ。

命びろいしたうえに金持ちにまでなったんだ。うらやましいだろ。ところが、そううまくいかないんだ。男の女房っていうのが欲のふかい女だった。一粒でこんなに金

が出るんだから、もっとたくさんの米をいれたら、どんなにたくさんの金が出るだろうと、米をつかんで石臼にいれたわけさ。すると、石臼はかってにぐるぐるまわりだして、男が石臼にお供えしていた水のいれものをこわしちまった。水はあたりにとびちって小さな水たまりをつくったそうだ。石臼は自分がつくったその水たまりにとびこんでいく。その水たまりの水がどんどんふえていって、しまいには小さな池にまでなったそうだ。

いまでも、その家のそばに池があるんだ。それで、その家のことを池の端ってよんでるわけだ。その家はいまでも遠野の一日市っていう町にあるぞ。

どうだ。おもしろかったか？

これで、おれの話は終わりだ。遠野物語の半分ほどな。おれが好きな話ばっかりだ。

もっと、あるんだけど、それはまたいつかな。

いつか遠野にきてみろ。おれにあえるかもしれね。ほかのふしぎにあえるかもしれね。

あとがき

遠野物語は、とてもふしぎで、とてもかわったお話です。

オシラサマやオクナイサマやザシキワラシの、たくさんの神様、山人、ヤマハハ、カッパ、フッタチという動物たち。たくさんのふしぎなものたちが、遠野の町の中や山あいの町をとびまわるのです。

カッパって緑色だと思っていませんか？　でも、遠野のカッパの顔は赤いのです。ザシキワラシはいい神様でしょうか？　かわいらしいようすなのにこわい神様のようにも思えます。山や川に住んでいる男も女もこわくてかなしくて残酷で、ときにユーモラスです。遠野のふしぎなものたちは、個性的です。

でも、こんなふうなふしぎなものたちが活躍するお話は、ほかの土地にもあるのかもしれません。

遠野物語の魅力は、ほんとうにあったことだとしてつたわっていることだと思います。そこが、ほかの土地にはないかわったところだと思うのです。

女神と三人のむすめのお話を読んで、どう思いましたか？　わたしは、えっ、これでおしまいなの？　と、ものたりなく思いました。いわば、ずるをした三番目のむすめがいちばんいい山をもらいます。それで終わりなのです。ずるをした三番目のむすめに、あとでわるいことがおこるとか、いましめられるとか、そんなことはいっさいありません。教訓というか結末がないのです。たいてい、このタイプのお話には、

『だから、わるいことをしてはいけないのですよ。』

というひと言があるものだと思ってしまいます。

三番目のむすめは、いちばんいい早池峰山をもらってしあわせにくらしたのでしょう。それでいいといっているのではないと思います。そんなこともあるのだよといっているのだと思うのです。

だって、この世の中にはいろいろなことがあるのですから。遠野の山口村に

小友村に土淵村に、こんなふうないろいろなことがほんとうにあったんだよと遠野物語はいうのです。ほんとうのことだから、結末がないこともあるのです。

　これらのお話は、遠野でそだった佐々木喜善が年寄りからきいた話を、柳田國男が『遠野物語』としてまとめたものです。物語として世の中に出ていくまで、おじいさんやおばあさんが囲炉裏ばたで、子や孫にいいつたえてきたお話です。その長いあいだに、遠野のおじいさんやおばあさんは結末をつけくわえることをしませんでした。

　なのにわたしは、このお仕事をさせていただきながら、なにか結末をつけたくて、教訓を書きたしたくてしかたがありませんでした。

　マヨイガのお話に、

「無欲な人にいいことがあるのです。よくばるといいことはありません。」

とか、

　ザシキワラシのお話に、

「生き物をたいせつにしないから、ザシキワラシに出ていかれてしまったのでしょう。」

とか。

カッコウとホトトギスの姉妹のお話にもなにか書きたそうとして、わたしはこまってしまいました。どう結末をつけたらいいのかわからなくなったのです。やさしい姉を包丁でさしてしまった妹は、その罰をうけたようにホトトギスになってしまいます。それは納得がいきます。でも、なにもわるいことをしていないやさしい姉もカッコウになっているのです。それでは妹とかわりないではありませんか。

わたしが遠野のおばあさんだったら、

「やさしい姉は、美しい花になりました。」

と、お話をかえてしまったかもしれません。

でも、遠野のおじいさんもおばあさんも、むかしからいいつたえられたとおり話してきたのです。ほんとうのこととしてつたわってきたからでしょう。

遠野のおじいさんやおばあさんは、カッコウが鳴くと姉の運命をあわれに思い、ホトトギスが鳴くとまた妹の運命をもあわれに思ったのです。

マヨイガにであった嫁の幸運をよろこび、ザシキワラシが出ていったあとの孫左衛門の家の不幸をかなしんだのです。

遠野物語は、むかしのすがたのまま語りついでいくものなのでしょう。

わたしは三歳から小学校二年生まで遠野で暮らしました。

山がすぐそばにせまり、まわりはりんご畑でした。春にはりんごの花が咲き、そばの畑でいちごをそだてているお百姓さんからバケツいっぱいのいちごを買いました。山からよもぎをとってきて、草もちをつくってもらいました。夏には、川遊びをしながら、鉄橋を煙をあげて走るＳＬに手をふりました。きれいな水が音をたててながれる堰にはタニシがいました。学校から町なかではなく木々がトンネルのようにおおいかぶさる山道をとおって、家までかえってくることもありました。秋には、手をのばせばとどきそうなところに赤や黄色のりんごがみのりました。山ぶどうをとっては、そのすっぱさに顔をしかめました。秋祭りには、まっ白い長い髪をふりみだしておどる獅子踊りをみました。冬は、ひざまでもある雪をこいでりんご農家までりんごを買いにいくのがわたしのおつかいでした。

そのころ、わたしは遠野物語を知りませんでした。あの山にあの川にあの町に、こんなふしぎなものたちがひそんでいることを知らなかったのです。

でも、子どものころのわたしのとなりに、カッパやザシキワラシやヤマハハがよりそっていてくれたように思えます。赤いランドセルをせおって山道をかえるわたしに、

「さっさど、かえれ！」

と、山のなかから、だれかがいったような気がするのです。

わたしの子ども時代が遠野にあることをしあわせなことだと思っています。

みなさんも、この物語のなかからだれかよりそってくれるふしぎなものをみ

つけてくださればいいとねがっています。

でも、遠野（とおの）のカッパのズモがいうとおり、

「いっかい、遠野さ、きてみればいいべ。」

ということかもしれません。

二〇一五年十一月

柏葉幸子

参考文献

『遠野物語・山の人生』柳田国男（岩波文庫）
『遠野物語と怪談の時代』東雅夫（角川選書）
『「遠野物語」を歩く』菊池照雄・文　富田文雄・写真（講談社）
『柳田國男と遠野物語〜日本および日本人の原風景〜』（徳間書店）

原作者　柳田國男（やなぎた くにお）
1875年兵庫県に生まれる。民俗学者。民間にあって民俗学研究を主導した。1962年没。『遠野物語』『蝸牛考』などの著作が多い。

編著者　柏葉幸子（かしわば さちこ）
岩手県に生まれる。東北薬科大学卒業。『霧のむこうのふしぎな町』で、日本児童文学者協会新人賞、『牡丹さんのふしぎな毎日』で産経児童出版文化賞大賞、『つづきの図書館』で小学館児童出版文化賞受賞。ほかに『とび丸竜の案内人』『大おばさんの不思議議なレシピ』『バク夢姫のご学友』『岬のマヨイガ』など多数のファンタジー作品がある。

画家　田中六大（たなか ろくだい）
1980年東京に生まれる。多摩美術大学大学院美術研究科絵画専攻版画コース修了。絵本に『でんせつのいきものをさがせ！』、マンガ作品に『クッキー缶の街めぐり』、さし絵作品に『ひらけ！なんきんまめ』『願いのかなうまがり角』など多数がある。

遠野物語（とおのものがたり）

2016年2月　1刷　2021年8月　3刷

原作者：柳田國男

編著者：柏葉幸子

画　家：田中六大

発行者：今村正樹

発行所：株式会社偕成社
http://www.kaiseisha.co.jp
〒162-8450 東京都新宿区市谷砂土原町 3-5
TEL：03-3260-3221（販売）　03-3260-3229（編集）

印刷所：壮光舎印刷株式会社　小宮山印刷株式会社

製本所：株式会社常川製本

装幀・本文デザイン：田中明美

NDC913　偕成社 142P.　20cm　ISBN978-4-03-744980-3 C8393

本のご注文は電話・ファックスまたはEメールでお受けしています。
TEL：03-3260-3221　FAX：03-3260-3222　e-mail：sales@kaiseisha.co.jp
落丁本・乱丁本は、小社制作部あてにお送りください。送料は小社負担でお取りかえします。

日本編

『南総里見八犬伝』全4巻

滝沢馬琴［原作］　浜たかや［編著］　山本タカト［絵］

運命に導かれた八犬士たちの出会いと冒険

『仮名手本忠臣蔵』全1巻

竹田出雲・他［原作］　金原瑞人［翻案］　佐竹美保［絵］

ご存じ日本人の大好きな「忠臣蔵」が、わかりやすく！

『竹取物語』全1巻

石井睦美［編訳］　平澤朋子［絵］

日本最古のファンタジー作品を現代語訳で

『遠野物語』全1巻

柳田國男［原作］　柏葉幸子［編著］　田中六大［絵］

岩手県遠野に伝わる不思議な住民たちの物語

『封神演義』全3巻

渡辺仙州［編訳］　佐竹美保［絵］

仙人と勇者たちが妖術を駆使してたたかう物語

『西遊記』全3巻

渡辺仙州［編訳］　佐竹美保［絵］

孫悟空と旅の仲間のファンタジックアドベンチャー

『三国志』全4巻+早わかりハンドブック

渡辺仙州［編訳］　佐竹美保［絵］

ワンランク上の読者のための史上最強の「三国志」

イギリス編

『シェイクスピア物語集』全1巻

ジェラルディン・マコックラン［著］

金原瑞人［訳］　ひらいたかこ［絵］

シェイクスピアの10傑作を物語として紹介。

巻末には、名言集付き